JN077684

歌集

声に出し

市川一子

典々堂

＊目次

I

装本・倉本　修

歌集　声に出し

I

春めく街に

むらさきの苧環《おだまき》のはな草むらに揺れて朝《あした》の光をこぼす

染みとおる時鳥の声に仰ぎたり白樺林木漏れ日の中

まだ青味のこる無花果をジャムに煮る深夜帰宅の夫を待ちつつ

かくれんぼするがに二羽のメジロ飛ぶ新緑の風わたりゆく庭

口下手の夫の書きたるメッセージわが生まれ日の食卓にあり

早咲きのヤマボウシの白き花見ゆと夫を呼びたり二階の窓に

三月の雨降り続く鬱の日はあふれるほどに水仙いける

道の辺の菜の花ゆらし一両の電車はゆるりカーブして消ゆ

再検査の夫異常なし晴れ晴れと献血してくる春めく街に

山道を下りて小暗き杉林むれさく射干とゆくりなく会う

まだうまく飛べぬ雀か街路樹の一本一本に休みつつ飛ぶ

黄昏のバス停留所の椅子の上ぽつんと残る缶コーヒーのＢＯＳＳ

ガラス張りのエレベーターに見ゆる街初めて見る街わが暮らす街

パソコンもメールも苦手のままの夏きんぴら刻む夫の好物

女郎花

剣道部の気合いこもれる声聞こゆ竹刀ぶつかる音の激しき

頑なに味噌作り続け来し母の背かがまりて年の瀬せまる

むくみたる父よりぬきし指輪いま形見となりてわが手に光る

常日ごろ周りに気遣いせし父の逝きたるは連休の初日でありし

庭歩く願いかなわず逝きし父自慢のもみじも枯れてしまいぬ

連休に退院したしと丸じるし病室のカレンダーに残されてある

手向けたる父の愛せし女郎花彼岸の墓地に黄の色明るし

ふる里の祭りの朝晴《あした》れわたり母の太巻き今になつかし

また一軒シャッター下ろしし店舗あり夫の贔屓の豚カツの店

てっぺんを折られし竹の子五、六本いかなる咎に罰うけたるらん

月末のキャッシュコーナーの列長し茶髪の男の後ろに並ぶ

ありし日の父を偲びて墓碑洗う病みいし手足さするがごとく

日に二度の散歩の軍手洗うなりやんちゃな犬の綱もつ軍手

このにおい好きよと幼は頬よせぬ糠漬けの匂い残るわが手に

画用紙をはみ出しそうなザリガニが生き生きといて金賞となる

カレンダーにそれぞれ予定書き込みぬ似顔絵のあるじいじの誕生日

手締めの音

これもまた殺生ならんと思いつつ小さき花咲く酢漿草《かたばみ》をひく

塩をまき酒まきて伐る柘榴の木甥の家建つふる里の庭

隣家は共働きの二人なり日曜の雨戸は音立てず繰る

口内炎は心配なしと老医師は笑まいて奥歯の治療ほめたり

良い雨が降ってきたねと独り言キャベツの苗を植えたる後に

五キロ超す石鯛釣り来て熱燗にほころぶ夫の講釈を聞く

棟上げの五色の幟はためいて手締めの音のすがしく響く

たった今逃れきたるか庭はしる蜥蜴のしっぽのいたく短し

郵便局も投資信託はじめたと八重歯の青年ティッシュをくれる

「郡山のさくら満開」諍い中の夫のメールが車中より届く

やまゆりの香り乗せくる風のなか養老渓谷の小径を行けり

巨き花を八輪つけし山百合が炭焼き小屋に凭れて香る

宿題を教えてくれし従兄なり会えば今でもあんちゃんと呼ぶ

内房線最後のＳＬ運転に花束抱きし従兄の笑顔

早い者勝ち

桐壺の講師の脱線政局を語りて今日は五行を進まず

真向いて言えぬひと言声に出す厨の蛇口を全開にして

出張の夫が下げ来し「赤福」がダイエット中の別腹に入る

原っぱの八百屋の主はお天気屋きょうはもやしを三袋くれたり

淡水にひと世を経たる沢蟹の命の赤を皿に盛りあぐ

風受けて程よき高さの釣しのぶ「平作庵」の暖簾をくぐる

本籍は新婚の地に残したまま終の棲家のリフォーム終わる

強引な勧誘に負けて変えたれば新聞小説の結末知らず

いちじくは早い者勝ち野鳥と我ちかごろ道行く人も混ざりて

貼られある観音像に見張られて無人精米機に三〇キロを搗く

この夏の猛暑のつけはまだ残りべらぼうに高いレタスが並ぶ

だしぬけに妻の自慢を話しだす酒臭き男が隣に坐る

「もう」と「まだ」事と次第に使い分けのんびり行かん六十半ば

何もかも憶えていたら辛いだけ凌霄花がぽとぽと落ちる

かりんとう

幼名で夫を呼べる人のあり舅姑《ちちはは》ねむるゆかりの墓地に

何せんと来たりしわれか納屋の前からっぽの頭《ず》に立ち尽くしたり

かりんとうが好きだったなんて呑兵衛の夫の一面今さらに知る

妹と揃いの服を嫌がりて眞莉乃十歳少女さびたり

ジャンパーはブルゾンとなりコール天、羅紗、フランネル久しく聞かず

袈裟懸けの更紗にみどり児包まれてバス待つ人らに覗かれている

花柄の空き箱の中おさなより届きし手紙どっさり笑う

出会いより訣れの数の多くなり石蕗に極月の細き雨ふる

桃、林檎、桜、山吹さきそろう草津の春の坂道くだる

父譲りの頭痛もちのわれノーシンは常備薬なりひめじおん咲く

気まぐれな五月の風はまだ小さき梅の実落とし北へ去りたり

雨続きの野菜売り場に大根もキャベツも二つに切られて並ぶ

傾ぶきて添え木されたる枝垂梅の苔むす幹にそよぐ宿り木

冷蔵庫に収まりよしと方形に嵌められ角を持ちたる西瓜

薫風もたんと吹きくれば肌寒し過ぎたるお世辞しらじらと聞く

たんねんに黒き墓石をみがくなり何れはわれも入る一坪

涼しげに剪定されし街路樹をすり抜けてゆくはつなつの風

かまきりの足につかまり空を飛ぶクレヨンに描く六歳の夢

よそゆきの眼鏡を大事にしまいいる母は余所にはもう行けねども

仕方なく貰い来たりしこの犬が運動せよとわれを歩かす

とっておきの笑顔と声に「ありがとう」娘の子が言う入学の朝

大好きなりんごをかじる六歳の仕草おかしも前歯が抜けて

カナメモチ

特養のボランティアせしが縁となりおみな四人《よたり》の伊香保への旅

据え膳に箸の止まらぬ下戸四人　小瓶のビール二本が余る

日の暮れに立ち話するふたり連れわが家は大根もう煮えました

「嫁泣かせの天気でしょう」予報士が晴天を告ぐわが誕生日

カナメモチの生垣刈られトラックの荷台に山なす赤のひと色

忙しなき四、五日ありて庭隅に旬を過ぎたる楤の芽の伸ぶ

「ペンよりも人の手の方があったかい」腕相撲せる予備校生が

紺色のビジネススーツに身を包みちかごろ饒舌、就活の甥

チョコの十年

良く似合う黄色の首輪がゆるくなり背を撫でやればあまゆる眼を見す

長からずと言われし日より十日余りチョコは死にたりただひっそりと

こんなにも皆を泣かせる存在になっておりしかチョコの十年

朝朝を共に歩きし散歩道きょうは一人で紫陽花の道

たいくつな講師の話はまだ続く粗挽き胡椒買うて帰らな

秋までを眠らす球根は色に分け軒端に吊す梅雨ちかき朝

リニューアルされたる遊具が鮮やかな色に晴れ待つ雨の公園

鮃を下げて

大判焼きを一つずつ買う高校生ひぐれの駅前五人が並ぶ

西行も三島も桜を詠み遺しもののふとして散りてゆきたり

寝たきりの老いに桜を見せたしと声のしてひと枝無心されたり

満開の桜に通り雨が来て散るには惜しき花びら散らす

一列にいちはつ咲けり道の辺に植えくれし人の立ち日近づく

思い出して門灯を消す午前二時恋猫たちの季節めぐり来

子を持たぬ叔父の遺書こそ寂しけれ代代続きし墓守れずと

ふっくらとはいかぬがほっこり温き味「かずさの里」の米粉のあんぱん

鼻たかだか日焼けの夫帰り来ぬ六十センチの鮃を下げて

鮃には日本酒だよと取り出だすこの日のための「越乃寒梅」

「旨いだろう」二度三度いう恵比寿顔夫よ私は粗煮が好きで

ボロボロに葉を食い荒らす柚子坊を揚羽になると思えば赦す

長月の空に見事な虹たちて見知らぬ人と連れ立ちて見る

卒寿の母

雨上がりの畑にすなどる嘴太は艶ある羽を泥に汚して

ペットボトルに作りし風車ひたすらに廻りてうらら媼の畑

開発の中止となりし柵の中シロツメクサの勢い清し

東風《こち》に身をまかせて一方にしなだるる麦撫子の素直さぞ良き

ひとの口に戸はたてられぬとおもう日よ白木蓮が大きく開く

咲かせたるアマリリスの首ぽっきりと折りてにっくきいたずらな風

東雲《しののめ》の光の中から聞こえくる小さき鳥らの今日を啼く声

無礼なる勧誘の電話切りしのち鯖の頭をバッサリ落とす

飴とチョコ持たせて人形を処分せりご苦労様のひと言添えて

今生に卒寿の母の未だあるを幸と思えり顔見せに行く

ざんざんと春に似合わぬ雨の降りデイサービスに母は行かざり

週三日デイサービスにゆく母に少し派手目のブラウスを買う

デイケアより戻りし母が指折りて数える父の十三回忌

虎落笛《もがりぶえ》

十日余の風邪に体力奪われて帯状疱疹出でし二の腕

あっさりと医師の言いたり「雅子様と同じ帯状疱疹ですね」

４００と書かれし錠剤大粒を飲まねばならぬ一日五回

激痛に意地も我慢もこれまでと夫に任せる食後の片づけ

ころころと弾ける童の笑い声師走の郵便局にほのぼのとおり

公園を塒《ねぐら》に生きる猫いかにひと夜つめたき極月の雨

テレビ欄の石川遼に丸じるし九十歳の母のきょうの楽しみ

三階の窓に聞こゆる虎落笛あした手術の義兄眠らせず

震度3の地震に小さき音たてて叔母の形見のこけしが転ぶ

ぎこちなく丁寧語つかうレジ係の額に汗見ゆ夜更けのコンビニ

健康には良けれどいまだ食わず嫌い饅《ぬた》に白和え卯の花漬けも

曖昧な返事は互《かた》みのためならず再びかけくる勧誘の電話

「イノシシの目残しです」と書きてあるはしりの筍大多喜の市

レモン色のふきのとう四月の食卓に越後の春が友より届く

遣らずの雨に

当たり前のことがこんなに有り難い気付かされたり東日本大震災

原発のとばっちり受けて破棄される野菜、小女子、万の日常

被災地の天気予報に晴れマーク続くを見つつ仕舞い湯に立つ

自転車に帰りゆく子は振り向かず片手を上げて角を曲がりぬ

隣家の主のくしゃみ二、三日聞かず土産の新蕎麦とどく

絶品のメンチカツなりし肉店のきっぷ良きばあちゃん特養に入る

花捨つる凌霄花のいさぎよさ捨てたき物あまたわれにもあれど

真白き花ずらりと並ぶ玉すだれ遣らずの雨にみどり葉ひかる

我が腕に抱きし日もある十二歳おさげ編みやる爪立ちながら

手作りのお守り姪より貰いたる臨月の娘が目許を濡らす

ただ一つ残りたる五欲おさえがたし我がダイエット三日続かず

山盛りの切り干し大根盗人に会いたるごとく干し上がりたり

朝《あした》より降り継ぐ雨にずぶ濡れの口紅水仙ささえてやらな

ヘルパーの前に優等生のこの母がまだらに惚けて少女にかえる

われにまだ九十歳の母あり霊柩車を見れば自ずと隠す親指

はからずも祖母の仕草を真似いたり右足添えて朝の戸をひく

春をいただく

誕生とは如何なる恐怖、苦しみに産声あげるや四肢ふるわせて

子も孫も女ばかりの四十余年われらに初の男《お》の孫の来ぬ

考えて選びくれたるボストンのみやげのＴシャツかなり大きめ

三週間をボストンに暮らし来し中三が成田にたいらぐ寿司二人前

俺《おん》　阿《あ》毘《び》羅《ら》吽《うん》欠《けん》蘇《そ》婆《わ》訶《か》ラジオに聞きし呪《まじな》いを明日テストの孫に聞かせる

畦道に手折りし蕨の色冴えて味よし香のよし春をいただく

ほろほろと木香薔薇の散るゆうべ娘の家までを遠回りする

こぬか雨降る柳川に友と来て明日は訪ねん白秋の生家

船頭の名調子にきく川下りカンナの傍に「待ちぼうけ」の歌碑

蜘蛛の網《い》にからめとられし油蟬　七日の命の何日目なる

女郎蜘蛛にはまこと済まぬと思えども見て見ぬふりは出来ぬ性分

もがく蟬を竹竿持ち来て助けしがべとつく翅にもはや飛びえず

朝朝の神棚に手を合わす夫なにを祈るか今朝は長かり

訣れ

いつか来る母との訣れ泣かぬよう悔やまぬように通うこの道

昏睡の五日となりてさんばらの髪梳きてやる旅の支度に

本当の訣れと思う抱きくれし記憶ある母の手胸にくませて

父よりも七つ年上となった母彼岸の父に会うひとり旅

もう母はどこにも居らず竹林を揺らして風の過ぎて行きけり

あらがわず枝より離るる黄葉《もみじば》の一葉一葉の静かな終わり

槻の木の末より飛びたつ嘴太はひと声残し茜の空へ

繻子の帯

大阪まで叱られに行く夫を乗せ朝靄のなか駅へと走る

ガソリンスタンドの閉店知らせる貼り紙は感謝の言葉に結ばれてあり

居眠りて乗り越しし夫ふたたびを迎えに出れば立待ちの月

勘三郎逝き團十郎を逝かしめて芸の神様この世にあらずや

中村屋の三人連獅子観し眼《まなこ》ほほ笑む遺影にきょうはかすみぬ

歳の数など到底食えぬ豆を手に裡なる鬼に向きて噛みしむ

庭の菊たばねて夫は釣りに行く大鯛釣りし友の忌日に

嫁として姑として過ごしし四十年義妹より聞くわが知らぬ母

甘いものは止めよ控えよと糖尿の母に言いしよ　牡丹餅供う

鼻の奥つんと痛みぬ時として母を諫めき娘のわれは

形見なる年代物の繻子の帯締めればたちまち母に似てくる

後ろ手に玄関しめて帰りきぬ見送りくれし母は在さず

ひと夏を父母に供えたる百日草のこんの花に秋雨のふる

三年待ちて

これ以上食べてはならぬと己に言いギュッと締めおくピーナッツの袋

だまされるいわんやだますなど知らぬ凌《り》旺《お》が飛びこむわが腕の中

初に咲くみかんの花の甘き香を深く吸いたり三年待ちて

はなまるを付けて手帳に記しおくみかんの花を十まり数え

置きやりし林檎の半分残りいてメジロは春陽の中に飛び立つ

若い女性の入会なりて何がなし古典の講師熱弁となる

われにもう用なき母の日のチラシ広げて豆のすじを取るなり

買い置きし富士の水賞味期限切れ取り込みし蘭にたっぷりのます

心身を大地にあずけて昼寝する工事現場の男　大の字

ゆっくりと杖に行く若き女ありためらいつつもそっと追い越す

底紅の木槿の花より出でし蟻まよい迷いて下りて行きたり

腹を見せ落ちいし蟬が渾身の力に飛び立つ生きの残りを

大変と思えば大変あずかれる一歳男の子と楽しまんかな

おんもが好きあんよが好きな一歳半三日続きの雨にてこずる

零れ種より生いし苦瓜この夏の体力つけよと太きがさがる

痼つよき孫のため母は巣鴨まで買いに行きしよ孫太郎虫を

だんだんと母に似て来し姉の背を母一周忌の席に見ていつ

残んの月

頑固そうな親父の写真のついているずっしり重いトマトを買いぬ

不意の雨に流したき事のあるらんか濡れるにまかせて少年が行く

五十余のレモンのなりしを見て行けと目を細めたり寡黙な兄が

細き雨ひとえのやまぶき散らしめて叔母の立ち日が静かに暮れる

おさな児がきのう飛ばししシャボン玉榛の木のうえ残んの月は

花の季を過ぎし海芋《かいう》の大き葉がこれからだよと我にささやく

初恋はあなたでしたと言いし君あのころなぜか意地悪だった

デザイン良きツインのコップはよく転びランチョンマットが牛乳を飲む

指先をひりひりさせて皮を剝く亭主の好きな焼きなす五つ

足早に秋は過ぎゆき山茶花の花びら湿りし土に重なる

父母なくもここはふるさと庭の柿たわわに実り迎えくれたり

味噌作りは母の最後の矜持にて義妹にまかせし頃より弱りき

悼・姉　芳子　昭和三十五年十二月十八日　急逝

これの世ではかなわぬ縁《えにし》に疲れはて姉は二十四年の命絶ちたり

ひと夜にて叔母の縫い上げし白無垢に柩の姉の美しかりき

つぎの世に嫁がせるとう白無垢姿　父はこぶしに涙ぬぐいき

親の愛の足りなきゆえなど話す声　庭隅にかがみ母は嗚咽す

逆さ送りはゆるされぬとうしきたりに最期の訣れも父母はかなわず

七七日を面のやつれて虚《うつ》けたる母はひと回り小さくなりぬ

五人姉弟の長女なれば忙しなき母を助けて家事こなしいき

「ご飯だよ」遊べるわれに姉の声　文月の六時はまだ明るくて

弟を背負いしゆえか背くらべに芳子姉ちゃんわれより低き

髪結いのお貞さんの手になる日本髪　鬢付《びんつ》け油《あぶら》の香りし姉よ

日本髪の姉とのわれら三姉妹着物に正月の座敷華やぐ

八つ違いの姉と夜店にかき氷ならんで食みしよ　あの夏まつり

フレアースカートに太きベルトの格好よき姉との写真にお下げのわたし

流行のチャコールグレーの着こなしを桜の下にあこがれて見き

センス良き姉が選びくれしセーターはわがお気に入り長く愛せし

十六歳のわれには見せず苦悩せし姉をし思えば悔い大きなり

二十四年を生きて死にしよ二十四年しか生きられず死にたる姉よ

ふかみどりのお召しは姉の形見なりおしゃれな姉は地味好きなりき

凍て空に残んの月の儚さよ　姉はこの世の愛に疲れて

ちちははの右に並びて早世の姉の遺影は長押に笑まう

芳心院孝誉貞山大姉　ちちはのとなりに姉の位牌が収まる

II

誕辰すこやか

二割引きのグンゼの肌着を買い置かん春夏秋冬ランニングの夫に

黒ずみて末に残れる無花果が小さき鳥らの冬をやしなう

めでたいとは言えぬ齢となりたるが誕辰健やかなるを嘉しとす

水中の足は頻りに動くらん水面にゆらりただよう白鳥

過ちて剪りたる冬バラいかにせん紅みえそむる固きつぼみを

くずしてはまたつむ積み木おさなごの無心というを我は失くせり

皺みたるじゃが芋の皮むきておりシチュー煮込まん雪の日の暮れ

きさらぎの雪は薄情咲き初めし水仙折りて日がな降りつむ

初めての長靴はいてはじめての雪に二歳がつけた足跡

昼寝する相似形の父子娘より写メール届く日曜の午後

読み返す『永遠の0』エピローグに備えしハンカチ濡らしながらに

多かりしひと言悔やむは常なれど足らざるひと言悔やめり今日は

東風《こち》に乗り聞こえくるなり原っぱの八百屋の主のキャベツ売る声

今見ている人はお得と声たかくテレビは毎日包丁を売る

和田さんの笑顔

墓場まで持ちゆくほどにあらねども裡に秘めたるひとつぞ重き

雨もよいの日の暮れ黒き野良猫が宿決まりしか庭を横切る

完璧に磨かれてますと誉められぬ歯科診療台に目隠しされて

三度読みし藤沢周平の『白き瓶』あとなんかい読めば解るか

宮様の婚約会見みていしがトイレのコマーシャル入りて興醒め

雨に映えむらさきの菖蒲咲きいるを見ればしみじみ亡父に会いたし

小児病棟の七夕の竹しなりおり児らの願いを重く背負いて

我が庭に来て三十年の柘榴なりおよそ立派な実をもたぬまま

行合の空にたちくる和田親子さんの笑顔　明日も会える気がして

もう一度会いたかったもういちど会って言いたかった「ありがとう」って

和田さんに学びし事の多多あれどわけても助動詞「サ《さ》未《み》四《し》巳《い》り」

ロイヤルブルーのインクに書かれし和田さんの手紙に折折励まされて来し

ひぐらしの声途切れたる雨の庭いろはもみじのみどり葉清し

やや細身にうつる鏡を見馴れきてショーウインドーの我に目を剝く

食料自給率39パーセントの国に居て豆腐一丁あたら腐らす

色褪せてなおも咲きつぐ千日紅終わりを見せぬ意気込みぞ良き

ねんごろに友より届きし軽き下駄素足につっかけ朝庭を掃く

ダイエット中の乙女の好きな焼きおにぎり作りて今朝は罪なことせり

お礼肥たんと埋めて初なりのみかんを先ずは父母に供える

気分は知命

妻の余命三月《みつき》と告げる義弟《おとうと》の夜更けの声はかすかに震えて

ひと月の休暇とりたる看病も詮無く義弟は独りとなりぬ

譲る子のなければ全て持たせんと愛用品が枕辺にならぶ

思い出の品もあるらん一つくらい残しておけばと思わず言いぬ

義姉《ねえ》さんの言う通りだと義弟がペアーの時計をかくしに入れる

明日よりは独り暮らしとなる義弟に十年一緒の猫が寄り添う

助動詞も動詞も入れていっぱしの二歳とわれの会話なりたつ

エスカレーターに順をゆずられ階くだるダンディーな紳士にうなじ見られて

今日われは上機嫌なり百均に買い来しビオラの芽が出揃いて

七がけにて生きてゆくべし古稀なれど気分は知命　紅濃ゆく引く

わたくしの短歌の時間を夫知らずわれは職場の夫を知らず

受験の孫に我が為せることは祈るのみ昼の月にも手を合わせたり

あっけらかんやるだけやったと十五歳さっさと早寝す受験の前夜

とろりと甘い

さまざまな国ありさまざまな人のあり「普通」と言う語も差別と言える

死にむかう姿を持ちて戦争の愚かさ示しし人忘れまじ

（後藤健二さん）

呼び塩に笹がき面取り桂剝き母は教えき二十歳のわれに

週五日あずかる幼児たまさかに預けしあちらのばあばに懐く

手を掛けてわざわざダメージ作りだす穴あきジーンズ街を闊歩す

後ろ手に留めるネックレスおぼつかなし老い知らしめる具象の増えつ

良いところ似なくて悪いところ似て頭痛持ちなり娘も孫も

冗談を笑ってくれる友のいてとろりと甘い今朝の新茶は

諍いの種はささいな事でした栗まんじゅうが怒りをあやす

容疑者の写真の下の良き名まえ親の念《おも》いの籠りしものを

旗日には必ず日の丸掲げあるこの家の主はにこりともせず

鬱の日の心にビタミン注入す辻井伸行のモーツァルトを

太陽の恵みを浴びよ風邪熱の癒えたる夫を朝庭に呼ぶ

稲の花咲けば聞こゆるふるさとの祭り囃子よ父母ありし日よ

十六夜の月に何をか語りいん宵待草はそよりと揺れて

穭田をいっせいに飛び立つむらすずめ食いしん坊の二羽が遅れる

申年生まれ

にんげんを注意する音声くりかえし大型トラックが左に曲がる

六回目の申年共に迎えたり律義な夫と呑気なわれと

「三猿」も時には必要おだやかに七十代を生きて行くべし

つるつるの頭を先ずは下げて見せ元気ですよと癌の従兄は

身めぐりに癌病む三人おるゆえに健康診断おろそかにせず

今すこし元気で留守をと願いつつ亭主に飲ませる黒酢、青汁

忘れてはならぬを忘るる人間をリーダーとするこの国に生く

おみなには使う事なき「女々しい」をレディ・ハラと言うらん「らいてふ」あらば

食べずに逝きし

頼みたる救急車にも乗れぬ姉すなわち死亡が確認されて

「大丈夫か」肩に手を置き夫が言う姉の枕辺に哭きいるわれに

「ちゃこ姉ちゃん」何年ぶりに呼んだだろう柩の姉に最後の声かく

菜園に見事に育ちし春キャベツ姉の植えしよ食べずに逝きしよ

「あの時さあ」と父母の思い出語りたき姉は在さず七七忌過ぐ

難病の子らへと募金の声ありて寄りゆくわれには孫が生れて

おっさんのような顔するべそをかく生れて十日め百面相する

塩に揉む熱湯かける割る叩く旬のきゅうりを虐めて食す

熱熱のご飯にかけて食ぶるいのち鶏となるべき有精卵を

ちかごろはとんとご無沙汰　呉服屋の秋の新作チラシが届く

破れ障子を繕いていし母をまね鋏につくる花形模様

長雨に刈り残されて稔り田は置いてけぼりにされいるような
コスモスの色良き一本残しおき農夫はきょうの仕事を終う

ひんぎゃの塩

ひとつ覚えのアールグレイをおかわりし友と語らうファミレス二時間

どう見ても可愛い婆さまにはなれぬ我さ庭に昼寝の野良が逃げゆく

きょうのわれ海馬の目覚める気配なく締め切りせまる一首に悩む

幼らの健やかなる明日を胸におきユニセフ募金少しはずみぬ

言い訳はせぬがよろしと二ン月の土押し上げて水仙芽ぶく

三十品目めざす食事は長命を願うにあらず病まず逝くため

ヤクルトを飲んだら必ずうがいせよ五歳に言い聞かす歯科助手の娘《こ》が

一年のなんと早きか姉の死を首肯しがたき月日すぎゆき

桜見ず逝きたる姉よ下りて来よ桜餅買うて待ちいるほどに

帰りたくなる所ある幸せをラインに告げくるひとり住む孫が

いつよりか苦みを旨しと思いおり菜花、蕗味噌、ゴーヤチャンプルー

つやつやの茄子を「ひんぎゃの塩」に揉み色ごと味わう猛暑の卓に

食卓の真中にサラダは置かれたりポーチドエッグがきれいに出来て

いっぷくしたり

長い髪すこし小ぶりの女の子見れば思わる遠住む孫が

ほどほどというを知らぬかこの雨は大根まきたる夜の大雨

夫とわれ見たいテレビはてんでんこ時折たがいの部屋をのぞいて

里の庭の父の好みし鳥海石きょうもまた来て野良が昼寝す

この不安なにゆえ兆す冷蔵庫の卵が十個きりたるのみに

四回目の戌年迎えし娘と眺む公孫樹の芽吹き茶房の窓に

木蓮の咲く庭に出て待ちいたり独り暮らしの義弟を訪えば

学校が楽しいと聞けばそれだけでじいじ、ばあばは平らかに寝る

お裾分けの文旦に姪の笑い声いい伯母ちゃんになりたり今日は

五メートル先に青鷺、雉子のいる春の畑にいっぷくしたり

蕭蕭と降る

十円の納豆分けあいしと詠いたる松下總一郎さんの生涯あっぱれ

一代に成しし業績称えあい野辺の送りに数多の供花たつ

蕭蕭《しょうしょう》と雨は降りけり赤ワイン好みし人との訣れの宵は

夏風邪が大ごとにならぬよう白湯に飲む葛根湯は妣に倣いて

聞いて欲しいときいつも傍らに夫がいるさして大事なことでなけれど

江戸切子のグラスに酌める「久保田呼友」夫とふたり新涼の宵

風上のコインランドリーより匂いくる柔軟剤の香　寒露くもり日

南天の紅き実に網を被せおく今年はゆるさぬ鵯の狼藉

我が夫の名を貰いしと郵便屋さんこのはる男《お》の子の生れたるを言う

「前を見るために目はある」師の言葉かみしむる夜なり悔いの残る日

朱鷺色のカーディガンの良く似合う姉に会えなくなりて三年

掃き終えて振り返りみればすでにして風に素直なる落葉ありたり

冬蠅の命うばいて何がなし憐れと思いぬ赦せと言いぬ

めっけもの

青青とわが目に眩しく五畝《いつうね》の若葉背のびす雨後の畑に

三日《みっか》泣きようやく馴れた三歳が決意の面に園バスに乗る

三歳となりしはわずか十日前いかほどの不安この児にありや

「行ってきます」ふるえいる小さき声きけば我が胸震う手をはなす時

はつなつの「房総の村」の家並みゆく鍛治屋、下駄屋に昭和を見つつ

独りでも生きて行けると小雀が五月雨の庭に餌を啄む

失言に開き直れる政治家もこのごろ慣れきたる我も恐ろし

六月の谷津の干潟をめぐりゆく地元の友の名解説に

双眼鏡に見るおしどりの雄の羽だいだい色のなんと鮮やか

思い羽という説明聞けば改めてまじまじと見るその橙色

並びいる白鷺五羽に距離をおく青鷺一羽どうどうとして

白詰草の四つ葉をポッケにしのばせて少年はリレーのトップを走る

たっぷりと磨ぎ汁かけやる向日葵を声に励ます旱の朝《あした》

占いは大吉なれどベゴニアは花盗人に持ち去られたり

ミニトマトに喉をうるおし草をひく大暑の畑に夕風受けて

めっけもののわがひと世なり今日までを薬ものまず大病もせず

あらしに耐えて

くちぐちに良くぞ無事にと言う声す笠森観音あらしに耐えて

被災地に雨よ降るなと念じつつ天気予報を何回も見る

椎の木の根方に笑い声はじけ下校の子らのみちくさ長し

安からぬ木戸銭なるに歌舞伎座の椅子にマッチョな男が居眠る

「さん」付けで名を呼ばれたり歯科医院に働く娘に患者の我は

強情な我を叱りて頰うちし父の痛みを若く知らざりき

とげぬきの地蔵通りに買いしシャツ夫へのみやげは値札はずして

週末の歌会おわりて特売の玉子買いおり主婦にもどりて

霜月を過ぎて咲きいる百日草がんばるものを我は好めり

癌に負けず笑顔見せいし友の通夜　涙雨ふり喪の服濡らす

潔さを好まれきたる桜なり己大事の首相が穢す

数え日の香取神宮しずもりて遅れ紅葉を参道に拾う

熊笹の上に散りたるもみじ葉の花かと見紛う朱の色はや

欄干に大根ほしある小野川のゆるき流れにサッパ舟ゆく

オキシトシン

母の歌に付箋を多く付けてゆく寒の夜に読む友の歌集に

姑づとめせず来しわれの厨事おりおり手抜き面取りもせず

単一民族にあらざる証　琉球語、アイヌ語のありその面差しも

枝ぶりの良きを切らんと仰ぎみる河津桜のきょう三分咲き

入院中の夫にと小さき枝を選り通りがかりの人が持ちゆく

収束の見えぬコロナ禍連休の家族旅行をキャンセルしたり

嫌いなどと言うてはおれぬウイルスのかかる事態に夫もマスクす

ウイルスを落とす手洗い一分間　己の手指の疑い晴らす

ふたり娘が医療に携わる日常に新型コロナの終息祈る

兵器もつくる国にしあれど国民を守るマスクが手に入らない

急逝の義姉の葬送コロナ禍にて身内のみなりウイルス避けて

先先に消毒液の置かれいてアルコール臭の中の骨揚げ

隣家にひと声かけて日曜の夫が山茶花の垣根かり込む

物盗りは何処にもいると知りおれど今日は塋域《えいいき》の箒が消えぬ

マニキュアを落として見ればつくづくと丸き爪なり母そっくりの

ステイホームにて歌友とたまの長電話オキシトシンを満タンにする

肩につくベゴニアの花びらとりくるる夫の大き手　処暑の黄昏

山法師の上枝にとまる夕鴉なに愁うるか身じろぎもせず

雨後の雲の流れはやきを見つめおり賀状の絶えし友の訃ききて

昭和を咲かす

身の丈にあった暮らしと思いおり畑の小松菜、釣果の魚

鳳仙花、向日葵、鶏頭、百日草この夏もっぱら昭和を咲かす

たっぷりの湯にくぐらせるねばねばの青菜を恃みてひと夏終わる

高齢者マーク拒否して通勤す　かつてナナハンに乗りいし夫は

冬瓜の含め煮、芋茎《ずいき》の酢の物に舌鼓うつ齢となりぬ

党員でありし父なり天上よりいかに見るらんこの総裁選

天眼鏡もちて水槽のぞきおり彼岸の中日ヒメダカ生まれて

両の手に余ってしまう鶏頭の赤きが雨にうなだれて　秋

行く先は雌にまかせて負飛蝗　大根の畝を自在に跳べり

思わずも「死んでもらいます」殺し屋となりてキャベツの青虫つぶす

丈高く赤きカンナの群れ咲けり隣の畑は主が死んで

列島をあまねく照らす望の月　疫病に踏ん張る人ら励まし

またしても幼き我が子を殺めたるニュースが真夜の脳にはりつく

朝の習慣

だめもとと蒔きし人参ゆくりなく育ちくれたり色鮮やかに

みどり濃き立派な葉をもつ人参に口元ゆるむ不細工なれど

幼らに葉つき人参見せたしと夫はしゃがんで大事に抜きぬ

八歳が「葉もおいしそう」といえば小えびのかき揚げ大皿いっぱい

湯上がりに飲めよと置きあるリポビタン肩凝りわれに夫の気遣い

先ず夫が計って渡す体温計コロナ禍つづく朝の習慣

千両にかけおきし網をはずしたり鵯に振る舞う小正月の朝

丁寧にひと日を生きんと思いたり窓拭き、草とり、花を飾りて

お気を付けての声のぬくとし「うなちゅう」に会計終えて傘をひらけば

賑やかに家族と暮らしし従兄なり独り逝きしよコロナ禍の今日

この時世ようやく入院決まりしもただのひと夜にあえなくなりぬ

国鉄の機関士なりし四十年　柩に制服、制帽納まる

あらかたの花散りたるが今朝もきて鵯が残りのさくら啄む

一粒万倍

種蒔きは一粒万倍日にこだわりし母を倣いて暦をめくる

朝の戸を開けんとすれば戸袋の小さき蜥蜴が挨拶くれる

「夜なんて昼間が暗くなっただけ」塾帰りのみち呪文となえき

おおははが「ほまち」と言いいしふところの巾着の銭温かかりき

執拗に増え続けいる雑草の名を知らざればコロナと名付く

郵便受けの子らの名まえもかすれたり　ふたりに戻り二十年過ぐ

久久にとりいだしたる万年筆インク染むまで螺旋をかけり

強情な浅蜊ひとつが口開かず思いもよらぬ五輪の開催

掃き寄する病葉のなか落蟬の白く光れる盂蘭盆　日の暮れ

離れ住む孫のシャンプー、柔軟剤おなじ香りをマツキヨに買う

四人家族に使いし大きなガラス鉢ふたりとなりてメダカ泳がす

郵便局まで歩くと膝に言い聞かせスニーカーの紐きっちり結ぶ

下戸なりし父の子われら四姉弟ふたりは父似でふたりは呑んべ

この家にあと幾年を暮らせるかこれが最後と外壁塗装す

勝手口に届ける糠漬け茄子、胡瓜　隣家の主が目尻をさげる

ぬばたまのソーラーパネルの並ぶわき我が畑キュウリ、トマトが実る

おしろい花

ありなしの風に揺れいる女郎花このみし母よ　在さば百歳

ちちははの在さぬふる里ゆく道におしろい花の色濃く咲けり

里芋の葉は穏やかな風に揺れ小さきみどりの蛙あそばす

夕焼けの色に染まれる鰯雲ふらここ揺らす子らの声絶ゆ

たおやかに寄り合いて咲くコスモスを撫でて色なき風のすぎゆく

健康のみが取り得のわれの泣き所またも明けがた足が攣るなり

作戦はバレバレなれど幼子のジョーカー高く持つを引き抜く

その話はあとでと言いて逆上がり苦手な五歳が話題をかえる

今年から再開せしか五年ぶり休耕田に耕耘機うごく

早朝のコインランドリーに青年は夜業終えたる作業着洗う

春の雨ようしゃもあらず咲き初めし白き椿を錆び色にする

店仕舞いの中華飯店さしぐみて店主のくれたる名入りの燐寸

ありし日の母にもさせしかこの思いすげない返事を娘にかえされて

卯の花腐し

レンタカーに十人の顔並びたりコロナ落ち着きし霜月の旅

鴨川のきょうの宿りは「花しぶき」好みのゆかたにそれぞれ着替える

花束あり孫の手紙ありサプライズ喜寿の祝いに涙すわれは

コロナ禍に海外旅行はお流れでパスポートの期限むなしく迫る

念願の家族旅行は県内に縮小したるも十人の笑顔

二度三度ふりかえりつつ帰りゆく九歳見送る　日暮れる前に

この空の続きに戦禍の国あるを熱熱のスープのむ児に聞かす

島国に生きいて長く思わざり　国境が動く現実を知る

九分通り治りしと思う膝痛が卯の花腐しに一分疼けり

門先に咲かせし花を先ずは誉め営業マンが本題に入る

消音のテレビに見入る待合室びみょうにずれる字幕読みつつ

「ばあばのご飯が食べたくなった」ライン有り鼻歌まじりで夕餉のしたく

日に三度水を欲しがる吊鉢の花に従い旅へも行かず

声に出し

百円を入れましたよと声に出し無人の店に買う芹一把

畑中に下仁田葱の残りいてげんこつ程のまんまるの花

実家までの十分を聞くカーラジオ身の上相談離婚を勧む

かならずや事ある日には雨となる五月雨の朝生れたるわが娘《こ》

三面記事の真中にカラーのれんげ畑殺人、談合、テロに囲まる

荒れ畑のおちこちに草と背くらべ矢車草のむらさき揺れる

つるばらの白きがフェンス一面に咲きいる工場閉鎖されたり

治療なりて奥歯にかみしむるアオリイカ夫の釣果を存分に食む

歩道まで迫りて咲ける虎杖《いたどり》の小さき白花しげしげと見る

シルバーカーに小菊を積みてゆく媼坂の上なる墓地までの道

犬死にて半年ぶりの散歩道かどの畑に二軒の家建つ

胸裡に刺さったままの小さき棘　雪平鍋を磨きいるなり

落ちるなら落ちてしまえと残り葉に丸くなれない我の悪たれ

寒晴れの庭に香りの漂いて切り干し大根ほどよく仕上がる

いつよりか伊達の薄着もせずなりて養生せる身の着ぶくれており

出勤前の夫が庭下駄つっかけて榊きるなり朔日の朝

切るべきか切らざるべきか冬薔薇くれない一輪氷雨に濡れて

心友の逝きたる夜の長風呂に夫の裡なる慟哭を知る

日の暮れに語尾下げて啼く鴉いてきょうまた喪中の葉書がとどく

芝の上に竹炭四本のこりたり子等の作りし雪だるま消ゆ

跋

五十嵐順子

「声に出し」、このタイトルを初めて見たのは、二〇一〇（平成二十二）年に市川一子さんが「歌と観照社賞」を受賞されたときである。一瞬、何を声に出したのかな、という興味がわく。歌集最後の章のこの一首は、記念すべき一首として著者も「あとがき」に書いているが、「読ませる」歌のセンスを持っている歌人の登場なのであった。

還暦と同時に退職し、短歌を始めた、ということであるが、今日の短歌人の多くはそのような経歴をもち、結社や短歌愛好家の底力となっている。何しろ短歌は、作り始めたそのときから古参の人と同じ土俵で勝負が、いや、同じ誌上で競い合うことができるし、発言もできる。そして還暦後三十年もそれ以上も、書いたり読んだりの世界を楽しむことができるのである。しかし、賞を得たり歌集を出したりというところまではなかなか辿り着けないものであるが、市川さんは持ち前のセンスとたゆみない努力と、周囲の支えによってこの度『声に出し』の出版に至った。

市川さんは二〇〇五（平成十七）年「歌と観照」に入会し、のちに久々湊盈子氏の指導される「木曜会」に参加している。市川さんは学ぶことに熱心であり、学んだことを実によく身につけている。久々湊氏の明快な論と、生活感ある作品、豊かな見識が市川さんを刺激し、向上に導いたのであろう。今回の歌集を出すという決断にも、力を貸してくださったに違いない。長く「歌と観照」に在籍して来たものとして喜びにたえない。

歌集出版のための原稿を見せていただいて、受賞作「声に出し」に最初に抱いた印象のように、〝声に出す〟ことが市川さんの歌の一面であることに気づいてはっとした。

良い雨が降ってきたねと独り言キャベツの苗を植えたる後に
真向いて言えぬひと言声に出す厨の蛇口を全開にして

飴とチョコ持たせて人形を処分せりご苦労様のひと言添えて
これ以上食べてはならぬと己に言いギュッと締めおくピーナッツの袋
たっぷりと磨ぎ汁かけやる向日葵を声に励ます旱の朝《あした》
思わずも「死んでもらいます」殺し屋となりてキャベツの青虫つぶす
郵便局まで歩くと膝に言い聞かせスニーカーの紐きっちり結ぶ

ここに聞こえる市川さんの声。畑仕事をしながら野菜に語りかけ、青虫にすごむ。スーパーで買う野菜は、穴ひとつない美しさだが、自分で野菜を育てることは、虫との戦いなのだ。根を食う虫、葉を食う虫、実を食う虫。虫も生きていて気の毒だが、「死んでもらいます」はいたしかたない。愛着ある人形には飴とチョコを持たせ、向日葵には励ましの声をかける。ピーナッツに手が止まらないときは、自らに戒めのことばを、郵便局まで歩く膝には労わりのことばを。折折の声が浮かんで楽しい。「蛇口を全開にして」出した言葉は、何であろう。

思えば、短歌そのものが、つぶやきであり、心を託した声であろう。

その心に、意外とユーモアがあるのも、歌集というマッスで見たときの発見であった。

出張の夫が下げ来し「赤福」がダイエット中の別腹に入る
日の暮れに立ち話するふたり連れわが家は大根もう煮えました
「旨いだろう」二度三度いう恵比須顔夫よ私は粗煮が好きで
若い女性の入会なりて何がなし古典の講師熱弁となる
週五日あずかる幼児たまさかに預けしあちらのばあばに懐く
今すこし元気で留守をと願いつつ亭主に飲ませる黒酢、青汁

「赤福」のさっぱりした漉し餡の味は格別。幸せで消化酵素も活発に出ようというもの。「立ち話」するふたりは、台所の窓からでも見えるのだろうか、他人事ながら気にかかる。ビーフシチューでなく「大根」であるところがよい。
海釣りが好きな夫はたびたび登場しているが、三首めは鮃を釣ったときの一首。大

きさは六十センチ、もちろん刺身であろうが作者は粗煮の方が好きであると。鮃の粗煮ならこれもまた豪勢。この妻に自慢したくて釣ってくる夫君の心根も想像できる。

四首めは高齢の男性講師であろうか、若い女性の参加に張り切ってしまうところをすかさずキャッチ。五首めもよくわかる。幼い子どもは変わったこと、新しいことが好きだから、預けられた変化を楽しんだのだろうが、こちらのばあばの心理が微妙だ。

「黒酢、青汁」は、勿論健康で長生きしてほしいから。

歌集に一味添える、夫を詠んだ作品をもう少し挙げてみよう。

かりんとうが好きだったなんて呑兵衛の夫の一面今さらに知る
大阪まで叱られに行く夫を乗せ朝靄のなか駅へと走る
夫とわれ見たいテレビはてんでんこ時折たがいの部屋をのぞいて
聞いて欲しいときいつも傍らに夫がいるさして大事なことでなければど
高齢者マーク拒否して通勤す　かつてナナハンに乗りいし夫は

「夫の一面」もおかしい。かりんとう――たぶん子どもの頃食べたときの幸福感が脳のどこかに残っているのだろう。ひるがえって二首めはまじめに、夫を支えている。一首めはＮＨＫ短歌大会二〇〇八年入選、二首めは二〇一三年秀作の作品である。

見たいテレビも違うもので、それでも互いに様子をみているらしい。そして、それほど重要でない話を聞いてほしいとき、いつも傍らにいる夫。重要な話のときは、これこれしかじかと話すものであるから、この「さして大事なことで」はないときの聞き役が重要なのである。「かつてナナハンに乗」っていた、自慢の夫である。

さて、短歌はことがらを詠んでも、時代あるいは感情を詠んでも、やはり視点、着眼が大切。そこに個性がなければ、この沢山の作品の生まれる世界、たちまち一首一首は埋もれていってしまうだろう。市川さんはやはり、歌詠みとしての視点を心得ている。

黄昏のバス停留所の椅子の上ぽつんと残る缶コーヒーのＢＯＳＳ
ガラス張りのエレベーターに見ゆる街初めて見る街わが暮らす街

かまきりの足につかまり空を飛ぶクレヨンに描く六歳の夢

にんげんを注意する音声くりかえし大型トラックが左に曲がる

執拗に増え続けいる雑草の名を知らざればコロナと名付く

缶コーヒーのＢＯＳＳ。缶コーヒーはどこでも買えるけれど、何となく都会人の孤独を感じさせる。空き缶を捨てないふとときなやつ、ではなく、コーヒーの空き缶に孤独を託してしまうような、たくみな手法。二首めの「わが暮らす街」も、よく見知った街が、シースルーエレベーターから俯瞰するとまるで新しい街を見るようであるという感覚を詠む。三首めの、六歳児の発想もすばらしいけれど、短歌のかたちとして残すことも夢いっぱい。二〇〇八年明治神宮短歌会佳作作品である。

そういえば、「左に曲がります」とか、大型車が発する音声は人間に向けたもの。「にんげんを」とひらがなに表記したところにも意味がある。この作品もかつて市原市文化祭短歌大会で市長賞を得ている。また、「コロナ」の名はこの度の疫病流行以前からクルマにもファンヒーターの会社の名にもあるが、雑草に名づける、というところが現代を皮肉っている。
ことばの感覚から見ると、巧みに使いこなしている口語が面白い。

この夏の猛暑のつけはまだ残りべらぼうに高いレタスが並ぶ
頑固そうな親父の写真のついているずっしり重いトマトを買いぬ
おっさんのような顔するべそをかく生れて十日め百面相する
めっけもののわがひと世なり今日までを薬ものまず大病もせず
安からぬ木戸銭なるに歌舞伎座の椅子にマッチョな男が居眠る
だめもとと蒔きし人参ゆくりなく育ちくれたり色鮮やかに

「つけ」「べらぼうに」「親父」「おっさん」「めっけもの」「マッチョ」「だめもと」などは古典的な雅語ではないが、若者が若者言葉で現代を表すように、いきいきと口語として機能し、歌の品格を失わず現代を語っている。「大変高いレタス」「得をしたわがひと世」と言って、何の味わいが出ようか。

二首めは二〇一四年明治神宮綜合短歌会で特選となった記念の作品と聞くが、伝統的な世界で「頑固そうな親父」の語感が評価されたことが嬉しい。

このような日常語を歌に持ち込み成功しているのは、市川さんの短歌が常に定型を守り、句割れや句またがりもなく折り目正しく作られているからに他ならない。書家に長く楷書の時期があり、画家にたゆまぬデッサンの日々があるように、よい作品を多く読み、多くの習作を経てきた力であろう。

歌集に編まれた歳月の間には、母、姉はじめ従兄、義姉ほか、何人もの方たちとの永訣があった。なかでも約六十年前に世を去られたお姉さんの芳子さんを詠んだ、書下ろし二十一首は作者喜寿にして追悼する作品である。そのうちの一首。


ふかみどりのお召しは姉の形見なりおしゃれな姉は地味好きなりき

歌集の中に組み、父母にかわりこのように追悼できることに、改めて短歌の力を知ったのであった。

娘さんやお孫さんたちとの和やかで情愛に満ちた作品、心温まる風景、いずれまた読者諸氏との交流の話題としよう。市川さんの喜寿を祝い、今後のご活躍を祈ってやまない。

カネタタキの鳴き始めた夏の終わりに

あとがき

短歌との出会いは全くの偶然からでした。平成十七年、還暦と同時に退職し、自由な時間を過ごして半年が過ぎたころ、何もない自分に気付き、何かしたい、その何かを探す日々でした。すぐ近くにお住まいの逸見悦子さんとの立ち話から、短歌へのお誘いを頂いたのは、夏も終わりに近い八月末の事でした。

新聞の歌壇を楽しみに読んでいたくらいで、一首も作った事もなく、何も分からないまま十月には「市原歌人会」「歌と観照」に同時に入会させて頂きました。一ヵ月六首の作品提出にようやく馴れてきた平成十八年三月、久々湊盈子先生のご指導を頂けるサークル「木曜会」に入会。今日まで長きにわたり勉強させて頂いております。月一回、仲間の作品に意見交換、批評をする歌会に力を頂き、励まされてきました。また、「歌と観照」千葉支部の諸先輩から学んだ数々のことは、今も作歌の支えとなっており、歌会の大事さ、有難さを感じております。

短歌によって得られた、さまざまな繫がりを大切にしながら、これからも勉強を続けていきたいと思っております。

未熟ながらの歌集出版などひたすら恥ずかしいのですが、喜寿という節目でもありこの度、十七年間の作品をまとめてみる決心をしました。

作品数は多くなりましたが、ほぼ制作年順に構成いたしました。

集中の姉・芳子を詠んだ作品を入れることにつきましては、最後まで迷いましたが、姉の二十四年間の短い生涯を知る人は、私とまだ幼かったふたりの弟のみとなった今、姉という存在が無になってしまうような思いから、十六歳の時には解らなかった想いを、姉の生きた証として二十一首にまとめました。

歌集名『声に出し』は、平成二十二年「歌と観照社賞」を頂きました二十首の中の

百円を入れましたよと声に出し無人の店に買う芹一把

からとりました。

当時、休日には養老渓谷方面の朝市へよく行っておりましたので、無人の店に芹を買った思い出を詠んだものです。

歌集を纏めるにあたりましては、「歌と観照」編集人の五十嵐順子様に、ご多忙の中あたたかいご助言、懇切丁寧なご指導をいただきました。そのうえ身に余る跋文を賜りました。心より深く感謝申し上げます。

長く「木曜会」でご指導いただいております久々湊盈子先生にはお忙しい中、心のこもった帯文を賜りました。厚く御礼申し上げます。

短歌に誘って下さり常に励ましの声を掛けてくださっていた逸見悦子様には、出版に心強いお力添えをいただき、強く背中を押して下さった池田晴子様とともに有難く、感謝申し上げます。

「歌と観照」の諸先生はじめ歌友の皆様、「市原歌人会」「木曜会」の皆様に励まされてここまで来ましたこと、心からお礼申し上げます。

また、私が歌を詠むことを黙って見守ってくれていた夫に、ふたりの娘家族にありがとう。この一冊を家族の手元に残せることは私にとって望外の喜びです。

最後になりましたが、出版に際しまして「典々堂」の髙橋典子様には、一方ならぬお世話になりました。改めて御礼申し上げます。また装丁をお引き受け下さいました倉本修様ありがとうございました。

市川一子

二〇二二年九月

市川一子　略歴

1944年12月３日　千葉県市原市生まれ
2005年　「歌と観照」入社
　　　　「市原歌人会」入会
2006年　「木曜会」入会
2010年　歌と観照社賞受賞
　　　　日本歌人クラブ会員
　　　　千葉県歌人クラブ会員

歌集　声に出し（歌と観照叢書第305篇）

2022年11月24日　初版発行

著　者　市川一子
〒290-0073　千葉県市原市国分寺台中央６-11-10

発行者　髙橋典子

発行所　典々堂
〒101-0062　東京都千代田区駿河台２-１-19
アルベルゴお茶の水323
振 替 口 座　00240-0-110177

組　版　はあどわあく　印刷・製本　渋谷文泉閣

©2022 Kazuko Ichikawa Printed in Japan

定価はカバーに表示してあります